多田薫句集

花乱社

題字　山本素竹
装画　西島伊三雄
装丁　別府大悟

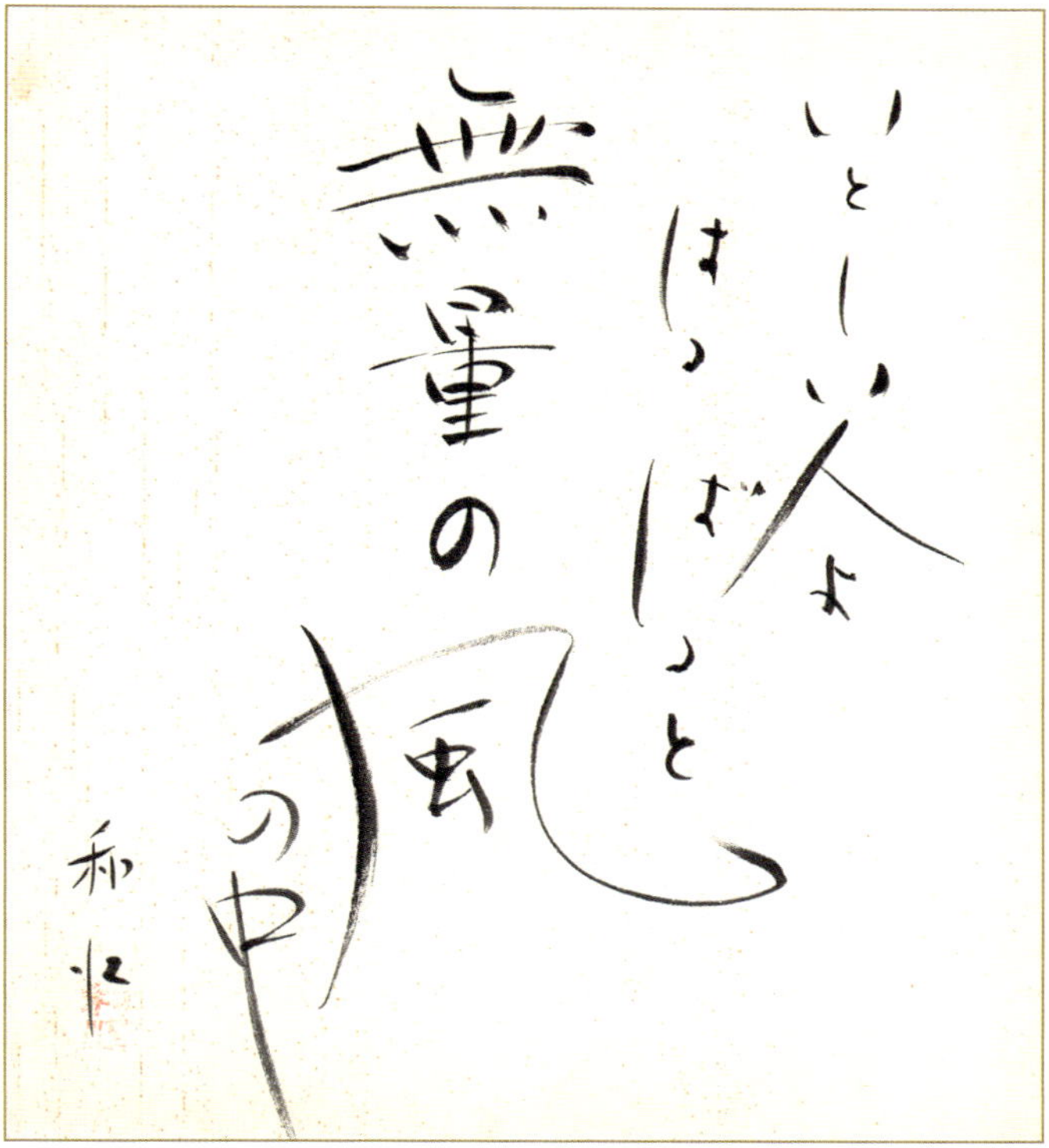

いとしい人よ
はるばると
無量の風の中

和江

長谷川陽三
瀬ノ本高原にて
2000.2.10

多田薫句集『谺せよ』に寄せて

筑紫磐井

西日本新聞社論説委員、九州造形短期大学学長を務めた谷口治達氏が、代表となって刊行していた「ばあこうど」という雑誌がある。その実質的な取りまとめを行っていたのが多田薫さんである。

私が「ばあこうど」に寄稿したのは、第六～一〇号（二〇〇六年七月～二〇〇九年四月）であるが、地方の俳句雑誌として質量ともに充実しており、二〇〇頁を超える頁数、伝統から前衛に至る大家、中堅、新鋭作家がずらりと並ぶ、総合誌と言ってよかった。私は作品だけでなく途中から評論を執筆するとともに、二〇〇七年十月のイベントではシンポジウムにまでも参加させていただいた。

アクロス福岡の立派な会場で、星野高士・七田谷まりうす・本井英・大高翔・あざ蓉子氏、司会谷口治達氏らとともに参加した「二十一世紀の俳句を考える　守る伝統・創る伝統」という大きなテーマのシンポジウムである。この前後に、宮坂静生・星野椿氏の講演があり、鎌倉虚子立子記念館との連携による展覧会が開かれたのだから、何とも豪華なものだった。私にとってもこの時のホトトギス系の作家たちとの応酬はその後大きな役に立ったと考えている。

しかし、「ばあこうど」はこの第一〇号で長い休刊期に入り、あまつさえその間に谷口代表も亡くなってしまった。谷口氏の後を継いで代表となって、復刊に尽力したのが多田さんだった。

第一一号（この時「六分儀」と改題している）は二〇一五年二月に刊行しているが、これと併せて久留米市石橋文化センターで星野高士・岸本尚毅・上田日差子氏、司会山本素竹氏らとともに私もシンポジウムに参加している。「明日の俳句へ・実作者の立場から」と題して行われ、星野高士氏の講演と、パネラーによる句会（山下しげ人氏も参加）が行われている。雑誌・イベントの盛大さは「ばあこうど」時代と変わらぬものであった。印象深かったのは、私の母が亡くなった直後で参加できるかどうかぎりぎりまで分からず多田さんにはご迷惑をかけたこと、シンポジウムの直後どういう訳か私の歓迎慰労会の場が設けられていたことだった。

その後、多田さんが体調を崩してしまい、「六分儀」は再び休刊期に入ってしまうのである。そんな中でしばらく連絡が途絶えていた私に、多田さんの句集をまとめたいので協力してほしいと奥様の孝枝さんから電話を頂いたのは、昨年の九月のことであった。実は今までの「ばあこうど」も「六分儀」も私への連絡は全て孝枝さんから来ていたので、こうした連絡は不思議はなかった。私ももちろん是非協力したいとお答えしたが、言葉の端から病気が思わしくないことが推察された。

そして、十一月十五日には病院から発信されたメールで多田さんの永眠の報せが入っていた。それから今日まで、多田さん一代の句集をまとめたいという孝枝さんの強い思いから、頻繁な電話や手紙のやりとりが始まったのである。

長々とした経緯を述べたのは、谷口氏、多田薫さん、多田孝枝さんと私との関わりに触れないでは、この句集の経緯、私の執筆理由が分からないからである。

以下、句集から抜粋して、感想を述べさせていただこう。

蜻蛉の眼にある太古光りをり

蜻蛉に類した生きものは古代から生息している。メガネウラと呼ばれる巨大昆虫（全長七〇センチ）で、二億九千万年前の古生代石炭紀の地層から化石も見つかっているという。ささやかな蜻蛉にも、時間にすれば長い歴史があるのであり、その奥底の眼光は人間の誕生などを遙かに見尽くしている。

昨日よりちよつと遅れた月に会ふ

月齢を現す言葉に陰暦では望月（十五日）、いざよい（十六日）があるが、さらに十七日以降は、立ち待ち、居待ち、寝待ち（臥し待ち）と変わって呼ばれる。月の形ではなく、月の出の時間で捉えるところがユニークだ。王朝物語で、恋人の忍んでくるのを待つ女主人公の心理が投影されているような、不思議な数え方である。こうした言葉を踏まえ、時間的なずれを、「ちよつと遅れた」と言っているのだ。

いぢわるを云つて月夜の電話かな

意地悪というのは憎悪ではない。可愛い相手をもてあそぶ風情がある。だから相手が男の場合もあれば女の場合もあろう。前提として、濃密な男女の関係が予想されるわけであり、月夜は動かない。

ひとつでも萩の主をしてをりぬ

「萩大名」という狂言がある。無知な大名が招かれて萩の庭を褒めに行くが恥をかくという趣向である。しかしこれを逆にとって、阿波野青畝が「茲十日萩大名と謂つべし」という面白い句を詠んでいる。盛りの萩を前にして大名の気分だというのであり、狂言の換骨奪胎である。多田さんの句は、青畝の延長にあるようだ。しかし青畝が盛りの沢山の萩を前にしての自慢であるのに対し、ただひとつでも萩が主役だというのである。

皆同じ夢を見てゐる木の実かな

どれも似ている木の実であるので夢も同じだというのだ。宮澤賢治の童話「どんぐりと山猫」に、たくさんのどんぐりがお喋りをしたり、はじけとんだりしている楽しい光景が描かれるが、彼らはある瞬間、大人しくなってしまう。寝落ちたとすればまさにこんな情景ではないか。

うそ寒や朝刊の音したやうな

「したやうな」は俳句としてはあまりない結びだが、うそ寒の感じがよく出ている。朝刊の配られる時間は未明であり、普通の人はその状況を目で確認してはいないはずだ。まして、冬に向かいかけた早朝に配られる新聞の配達は夢の中で聞く音である。まさに「したやうな」である。旧仮名表記が効果的に使われている。

六帖のいつもの和室日脚伸ぶ

前述の「昨日より」の句に視点は似ているが、六帖和室というありふれた――それも小津映画にでも出てきそうなありふれた風景だけに共感が得られやすい。意外かも知れないが、「いつもの」と言うありふれた言葉がむしろ効果的である。

絵踏みせし村にしづかな時代来る

踏絵は現実にあるわけではない観念的な季語であり、現代の作家としてはこうした詠み方とならざるを得ないと思う。そうした中で「時代来る」という生な言葉が生きている。我々が経験するどんな切実で命がけの事件であっても、やがて歴史の中に埋もれていく。踏絵という風俗より、そうした歴史の哲理の方に作者の思いを読むことが出来る。

山蟻に担がれ踊る羽虫かな

少し恐ろしい句だ。「踊る」はここではもがく意味で使っているのだろうが、普通は歓喜で踊るはずだが、ここではいずれ体液を吸われて殺されてしまう絶望の恐怖だから全然主観的ありようが違う訳である。怪奇映画を観ているようだ。

舌の先まで入りくる暑さかな

エロチックな感じのする句である。西脇順三郎の「Ambarvalia」では「雨」という「柔らかい女神」が私の舌を濡らす。この句のディープキッスは誰なのだろうか。

雑巾のかかりしやうに烏賊釣るる

ボロ雑巾というと蝙蝠がよく譬えられるが、烏賊は意外であろう。確かに気味のいい生物ではないが、釣られていく瞬間の烏賊の形態としてはぴったりである。多田さん流の写生と見てよいのではないか。

あぢさゐにつつまれふたりきりの旅

多田夫妻の最後の旅は孝枝さんの「あとがき」でも美しく書かれている。その一群の作品であるが、特にその中でもこの句は幸せそうである。こう言っては申し訳ないが、この句のためにこの句集は準備されたような気がする。

多田さんは「ホトトギス」「花鳥」によって俳句を始めたから私とは少し趣味が違う。私が取り上げた句が多田さんの気に入るかどうかは分からない。あるいは、もっと気に入っている句が沢山あったのかも知れない。またこの句集は、生涯の伴侶の孝枝さんが是非残しておきたい句を選んでいるから、二人きりにしか共感し得ない句もあるかも知れない。それはこの句集を読む読者の判断に任せることとしよう。ただ、直接の接点の少ない私が序文を任せられた背景には、冷静に、客観的に多田さんの句業を読んでほしいという孝枝さんの希望があったと感じている。

考えてみると、多田さんはこの道何十年の俳句で煮染めたような作家ではないような気がする。例えば、多田さんの俳句活動の拠点となる「ばあこうど」を創刊したのは、小原菁々子に初めて俳句の指導を受けてから五年後、「ホトトギス」に入会してから三年後、「花鳥」に入会してから二年後なのである。一般的にいっても余りに早い。これは多田さんの本質が俳句コーディネーターであったということになるのではないかと思う。谷口さんと共感しあえたということもそこに契機があるような気がする。

コーディネーターであっても俳句についての知見が必要なことは言うまでもないが、特定の流派にこだわることは、コーディネーターの広い識見とは少し矛盾するところもある。多田さんはその意味で必ずしも花鳥諷詠や客観写生でがんじがらめになった作家ではなかったのである。だからこそ「ばあこうど」や「六分儀」の成功を導き出せたのではないか。

私はこの本から、俳句作家としての多田さんだけでなく、地域における文化活動の推進者としての姿も見てほしいと思っている。この句集が詩人・作家の森崎和江氏、グラフィックデザイナー・童画家の西島伊三雄氏、画家の長谷川陽三氏の協力のもとにできていることの意義も大きいと思う。多田さん亡き後も「六分儀」が続き、「六分儀」の精神が続くことを多田さんは望んでいるに違いない。

平成三十一年一月

目次

序詩　森崎和江
画　長谷川陽三
序　多田薫句集『訝せよ』に寄せて　筑紫磐井……5
いつもの場所で……［秋］3
ふたり生きて……［冬］47
土のにほひを……［春］79
薫風や……［夏］117
いつかまた……［平成三十年夏］155
あとがき　163
季題別索引　169

冴せよ

多田薫句集

いつもの場所で

［秋］

峡空の秋めく風の降りてくる
秋めくといふも木蔭の恋ひしくて
盆の月街に銀粉降らすやう

盆の月街燈影を重ねたる

母と妻息子と犬と盆の月

いつの間に軒に隠れし盆の月

送火や母の齢を二つ越ゆ

送火や終の栖《すみか》の庭先に

浮き沈みしてゐる井戸の西瓜かな

どの峰も頂に雲秋暑し

秋暑しいつもの場所で電話する

秋暑しころがるやうに帰りけり

秋暑し帰りはいつも上向いて

秋暑し長崎街道辿る道

秋暑し夫婦で偲ぶオルト邸

秋暑し思ひひとつに集ひけり

がんばれとエールの電話涼新た

新涼や代表となり名刺持ち

ぞろぞろときよろきよろとゆく放生会

秋燕風乗りこなし阿蘇五岳

鳥渡る海峡越えて父祖の国

うそ寒や朝刊の音したやうな

採れたての葡萄一と房水はじく

巨大なるチタンの屋根に小鳥かな

帰り路歩き通して草の花

草の花帰つておいでと妻の声

すすきの穂傾く方へ歩くかな

穂すすきの風に流るる浜の道

蜻蛉や空の青さに見失ふ

鼻先に蜻蛉かはりがはりくる

蜻蛉の力の限り向かふ山

蜻蛉に力を借りて野に向かふ

蜻蛉の眼にある太古光りをり

渓流を昇らんあきつ飛行隊
とんぼうの眼親しき少年期
とんぼうに大きな空のどこまでも

蜻蛉や古き地蔵の上に居し

こちら見て横見て蜻蛉帰りけり

今妻の座りしところ草雲雀

軽きもの皆吹き飛ばす野分かな

野分後戸袋をなほ鳴らしをり

気にかかる支線のたるみ野分後

巡視船野分の海へ向かひたる

海風に二百十日の雲太る

子を二人抱く夫婦や秋桜

小さき風大きく受けて秋桜

コスモスの中にゐる妻見つけたり

コスモスの丘に響くやジョン・レノン

思ひ出のコスモス園や母妻と

さはやかにユニバーシアードボランティア

さはやかに風押し返す沖の波

食卓のさんま二匹やつつがなし
先に咲くカンナ後れて咲くカンナ
稲妻やビルの真上に右左

突き刺さるビルの先つぽ稲光

復刊の希《のぞ》みが叶ひ秋の虹

秋燈最終バスの窓にかな

秋燈うなづく帰郷の子の話

青白き対岸の燈に秋を見る

枝豆のつるんと落ちる喉の奥

舌鋒をさけて枝豆つまみをり

秋の蚊の我を刺すには弱すぎる

秋の宵じゃんけんだけは妻に勝つ

天高く浮いて流れて島とんび
天高く湾突き進む高速船
御当地のちゃんぽん食べる天高し

秋天を飛行機雲の切り進む

飛機昇りゆく秋天のつきるまで

秋天や妻と居る身のうれしさに

秋天や妻の吸ひ物母の味

石垣の粗き確かさ城の秋

出稿の追ひ込みといふ妻の秋

久闊の人に囲まれをりし秋

来た方へ方へ方へと秋の道

島の果て野菊つづりし岸の径

露しぐれ静かな森の吐息かな

月何も不言《いはず》答へず家路指す

重さうに橙の月出でにけり

昨日よりちよつと遅れた月に会ふ

いぢわるを云つて月夜の電話かな

子離れの父にぽつかりある夜長

秋の浜散歩に来ても妻恋し

海峡を真っ正面に秋の海

秋の海松浦水軍偲ばるる

秋の海船尾の二人包むもの

柿の木の招く山道前うしろ

独り言ひとつやふたつ秋の風

妻風に飛ばされさうな秋の崖

自転車に秋の追風ひと走り

秋風や一段低くペダルこぐ

秋風や居場所確かめつつ歩む

病んで今秋風といふ癒しかな

秋風やバードウオッチングしてをりし

秋風につながる記憶川静か

秋風や記憶の糸の長すぎて

金風や高速走り長崎に

ひとつでも萩の主をしてをりぬ

どの柚子も小さき枝を母として

秋雨を蓮の葉で受け騒ぐ森

村の音撥ね返す山装へり

一歩踏み込めば旅人秋の山

バス停の名は登山口秋の山

皆小振りなる城下町秋の山

夕暮れの輪郭伸びる秋の峰

秋の山少し動いてゐるやうな

山道に飛び出してゐる吾亦紅

秋てふの遊んでをりし阿蘇の峰

秋てふの五六連なり阿蘇の山

運転は任せて霧の阿蘇九重

橋脚に囲まれて島薄紅葉

もみぢ寺二人の休日充たしをり

行く程にもみぢ明りの法の山

山里の憩ひの家の紅葉濃し

人垣に二人並んで紅葉狩

どんぐりを拾ひ妻への贈りもの

根子岳の凹みをかくす雲も秋

連山に秋の雲ゆく音もなく

皆同じ夢を見てゐる木の実かな

石段に木の実の旅の始まりぬ

全山の木の実降らせよ冴せよ

横風に煽られ曲るばつたかな

草原の端から少しづつ花野

つま先に押し寄せてくる花野かな

足裏からそつと千草の花に入る

行秋のただよつてゐる河口かな

ふたり生きて

［冬］

手の甲へ足の甲へと冬めきぬ

魂合はば冬めく街の片隅に

こまつたもんだこまつたもんだと冬めきぬ

神無月ガラス細工のごとき街

十一月風に飛ぶメモ追ひかけて

予算書に木の葉髪落ち重なりぬ

袴著のあくびにつられゆくあくび

一茶忌や四十半ばを惑ふ日々

冬のてふ幔幕越えて来て祝ふ

縦横に走る往来冬の街

救急車大きく曲る冬の町

夕暮の空気縮まる冬の町

街路樹も冬の光に囲まれて

地下鉄の音小さくなり冬の帰路

銃眼の気になる角度冬の城

階段の急を下りて冬の城

一日に七本のバス冬の旅

昼食も毎日家で冬ぬくし

クリスタル色の城域冬日中

現行に委ねし職場冬日向

夭折の銀杏落葉や一周忌

大根の前歯のごとく並びゐし

人柄は部屋が語りし火鉢酒

禅苑の光と影や冬日和

綿菓子を買ひ冬晴の街を行く

小春日や自由気ままにサイクリング

チェンソーの音響かせて村時雨

雑念を払ふ時雨でありにけり

うろこ雲冬天に橋かけてゐし

散紅葉つもる大地の鎮まりぬ

紅葉散る山に確かな居場所かな

順番に登りつつ散り紅葉かな

干枯びて次の刻待つ冬田かな

横たはる大地の中の冬田かな

一周りして静かなる冬田かな

明細書のみのボーナス振り込まる

理由《わけ》もなく嚔《くさめ》止まらぬ会議かな

冬の浜犬と並んで見てをりし

枯菊や大地の色に染まりたる

枯菊の大地に色を戻しつつ

父と子の胸突き八丁眠る山

天を突く鋭角数多眠る山

母に振る少年の掌の枯尾花

揃ふ群揃はぬ群も枯尾花

足揉んでもんでと母や冬ざる

点滴の針の痛かろ冬ざるる

病む母の口で小さく息白し

初雪や還らぬ母となりし朝

残されし妻の嗚咽や霜の夜

ちやんちやんこ着てゐし母の写真帖

ちやんちやんこ家族を包む慈愛かな

サイレンや髪より湯ざめしてをりぬ

つけ払ひまたつけつくる師走かな

霜柱踏みつつ子等とすれ違ふ

喜びは正式辞令クリスマス

歯医者にも床屋にも行き年用意

ゆく年やユニバーシアードに暮るる日々

行年や書斎に無念無想なる

去年今年妻に話せる胸の内

大年といふ一山を越えにけり

正月を迎ふ可もなく不可もなく
初春の都会にふたり生きてをり
賑やかに歌留多読む人とばす人

おだやかな三日となりぬ玉せせり

競り玉に魂あづけたる氏子

源平の縁は問はじ朱の破魔矢

初凪にカメリアライン釜山から

コンテナ船半分程の初荷かな

あいさつもそこそこさがる嫁が君

歩くより走るやうなる寒の内

冬帝に挑むフェリーの汽笛かな

冬帝に追はれ集まる赤信号

冬帝や天の穴より深呼吸

冬木立整ひ過ぎる街にゐる

冬木立鋼《はがね》のごとく並びゐし

生と死の小さなちがひ冬木立

悴《かじか》める手足を伸ばす家の中

どちらから見ても水仙正面に

麦の芽を荒き土塊取り巻けり

高くへは飛ばず場末の寒雀

風冴ゆる埠頭に国旗財団旗

風冴ゆる水平線のタンカー群

六畳のいつもの和室日脚伸ぶ

竹馬の音かつかつと空の下

早梅や庭に空あり宇宙あり

生かされて思ひはるかに春を待つ

思ひまだ遂げざる日々や春を待つ

小袋の年の豆ほど生きて欲し

豆撒の夜は鬼の町福の家

風花と唇合うて仰ぐ空

風花や生き急ぐ人止まれかし

風花や空一点の出口なる

風花の生まれしところ探しをり

土のにほひを

［春］

二月から始めることの多かりし

山の端の神代の径や春寒し

春寒や夢との境行き戻り

早春を一足跳びに帰りけり

春浅し艀《はしけ》をつなぐ太鎖

春浅き海に広がる光かな

絵踏みせし村にしづかな時代来る

ぜんざいのもてなし告げる午祭

そここに影絵をつくるうかれ猫

紅梅や子等の目のやう口のやう

梅の白朝焼け色に染みはじむ

パンクせし車預けて梅見酒

村抜けてゆくひとときの梅見かな

いぬふぐり土のにほひをむらさきに

八人の連名バレンタインチヨコ

ゆりかごの中にもバレンタインの日

ジャンプする子の下に在る雪間かな

力強く登るカーブに雪のひま

木の芽立つ宙天に意志強きもの

水の音木の芽にふふむ森の午後

おはやうと声かけてゐる草の芽に

廃屋となりし庭にも名草の芽

ものの芽や大河の歴史上海に

ものの芽や生霊死霊上海に

ものの芽や上海若き国づくり

ものの芽に川音高くやはらかく

鶯の谷よりのぼる声確か

街の音響いてをりし山の春

春塵や金属音の多き街

春塵のヴェールに隠れ里となる

百分の一秒の春オリンピック

湾青く広ごる展望台の春

島置いて青一色や春の旅

子等帰り又子等が来る春の園

全身に春の空気を浴び進む

談笑のカップル懐く春の阿蘇

雛壇に届かぬ背丈でありにけり

年休をとつて春めく海と山

子の試練のみ込んで消ゆ春の空

青空は机のうしろ春の部屋

ちちははとして限りある春燈下

車の燈だけ動きゐる春の宿

温泉《ゆ》けむりの立つ山見つつ春炬燵

幼き手には特大の蜆かな

村の姓二つで占めるお中日

ひようろひよろぺんぺん草の邑《むら》宇宙

大試験落ちて得るもの多きかな

負け癖は若き日の大試験より

大試験帰りの子等に道譲る

なるやうに委ね春日の新任地

群雀春の一日を飛び遊ぶ

いつもより近くにありし山笑ふ

笑ふ山笑顔絶やさぬ母なりき

小さき峰幾重にもなり山笑ふ

四囲統べて熊本城に春の雲

陽炎へる猫ながながと藁の上

糸《いと》遊《ゆう》の中にまどろむ古城跡

春の風市職員証配布さる

一日が終はる五時過ぎ春の風

念願のひとつが叶ふ春の朝

我が影に動いてをりし春の川

列車行く音高くなる春の川

日が射せば鮮やかに落椿かな

春の雨清浄と景流しゆく

春の雨正面に大貨物船

春雨や山深く来て朝が来て

禁煙をまた破りたる春の雨

春雨や今日はぼうつとしていやう

黄砂降る影絵のごとく山河あり

鶯きの声を上げつつ花峠

花一片路上に遊ぶ風の道

会議室より眺めたる花の宮

大幹に突き立つ如く花一朶

受け継がるこころ除幕に花の句碑

子の戻るまで母じつと花の下

日曜の花の散歩や鐘の音

入学の子等の行く道ついて行く

水槽にあふれ小亀の鳴く気配

目が合うてにたりと笑ひ亀の鳴く

人の目をちよつと気にして鞦《しゆう》韆《せん》に

ぶらんこの順番決めるグーチョキパー

ぶらんこに立つてこぐ子のひざのばね

神山の交響楽や百千鳥

そそくさと五時半帰り春の風邪

春の雪小さな望みかなひさう
山蜂のすつ飛んでまた戻り来て
朧より朧に飛機の見え隠れ

丘に佇ち三百六十度の朧

約束に遅れてごめん夕朧

何処までも九州なりや山朧

この村の大きなたから杉の花

風船に天井までの高さかな

ねむさうな僕に苺の花清し

母沖に子等岸に居る潮干狩

春月のぼうつと浮いて帰り道

春月や母に抱かれてゐるやうな

陽光を浴びて寛ぐ春の海
帰り来る漁船の速さ春の海
春の海航路をふさぐ貨物船

蝶々の折れ線画き野に消えし

風車持つて走つて止まりぬ

うららかな散歩のひとりひとりかな

山里のうらら顔なる地蔵尊

公園のゲートボールや風光る

のどけしや空ゆく雲に問ひかけて

行き帰り通勤バイク春深し

城内に迷ひ子一人夏近し

夏近し目指すは丘の上の景

薫風や

［夏］

薫風やブロッコリーのやうな森

天に向け母に投げたしカーネーション

草笛の子が遅れ行く山路かな

初夏やまばたき毎に広がりぬ

初夏の朝気分よろしく出勤す

不安などどこにもなくて初夏の海

牛乳を初夏にごくんと飲み干して

初夏やマンションを出て速歩き

山裾に夏群がりて雲となる

玄海の卯浪大きく育ち来る

停泊のタンカー揺らす卯浪かな

釜山まで卯浪散らして三時間

五十代この晴天の卯浪かな

天に透きとほる若葉の脈のおと

ころころと転がる雫若葉雨

草若葉ふるさと連れて帰りけり

自転車の後ろにつづく草若葉

思ひ出を入れ替へてゐる更衣

豆飯に何のお祝ひかと思ふ

散策の山中に宴棕櫚の花

一画に麦の農業試験場

山風のすこし騒いで麦の秋

塩の山三つ残りしなめくぢら

夏の朝けふもふたりでイベントへ

居心地の良きマンションや夏の朝

やまなみの新緑駆けて出でし湾

新緑やきのふの雨のぶん眩し

飛んでゆく景色に新緑生まれたる

新緑や自転車進む景進む

川幅に数十匹の鯉幟

息を吹きかけては蟻の列乱す

歩くとも走るともなく蟻の朝

蟻の道辿る中年探偵団

入口はベンチの下や蟻の国

山蟻に担がれ踊る羽虫かな

葉桜や有為転変を矜恃とす

母の日やおもかげ追うて酔うてをり

五月雨や音無き滴四囲に満つ

万緑や吊橋ゆれて山つなぐ

万緑や広がる湾に向かひたる

木苺をつまむ三人三様に

一列で下りる山道木下闇

紫陽花に空気は重くのしかかる

紫陽花や垣根の上の小舞台

生まれ来て生まれかはりて七変化

菖蒲園写生の子等の確かな目

燕の子五つの口の希みかな

一斉に蟹現れて消えにけり

若竹の雲に貼絵となつてゐる

先端を風にくねらせ今年竹

緑蔭の原始の杜に墳の声

蜥蜴追ふ子等原人となりにけり

艶やかに太りし西日帰路急ぐ

ふるさとに眠る朱鳥や朴の花

回復の喜び朴の花の中

残映の谷に一輪朴の花

中空に朴の香とどめ自然林

朴の花妻の隣で仰ぎをり

地中より水琴窟の夏だより

一陣の風庭園の夏動く

半島の先に夏の日集まりぬ

明日行く寿福寺思ふ夏の宿

夜景良し風呂良し今日の夏ホテル

浴衣がけとは自由なる旅の空

紙魚の本妻の専門分野なる

山百合や山湖に生を享けしもの

一盛りが二百円也夏蜜柑

舌の先まで入りくる暑さかな

稜線のくつきり浮かぶ夏の山

捨てられし網の漂ふ夏の浜

打ち上げる波に夏日の光りをり

エンジンのやうに止まらず蟬の鳴く

行瀧の光散らして石を打つ

瀧神の在はす水音高らかに

空蟬の目にちよつぴりと残る過去

空蟬の天を睨んでをりにけり

風鈴の青き音より町の朝

大小の風鈴ちがふ音色かな

ただいまの声と同時に冷蔵庫
靴ぬれて跣足となりし子等の浜
滴りに口づけをしてさあ行かう

原爆の町に飛び交ふ夏の蝶

忘れられ日傘電車の座席占む

雑巾のかかりしやうに烏賊釣るる

金印の島標的に南風《みなみ》吹く

葉舞台のパントマイムやかたつむり

受付のうしろは涼し錦鯉

夏霧に山容淡く定まりぬ

目高の子池の騒ぎの外にゐし

朝が来て禊のごとく髪洗ふ

夕焼の正面に立ち尽くす海

一日の名残り港の大夕立

市庁舎をたたきつけたる大夕立

一団の汗校門へ走り込む

涙とも汗ともつかず金鷲旗

汗の手に伝票一枚ついてくる

ネクタイの伸びて街中土用明

笑み匿すハンカチーフの白さかな

仙人掌《さぼてん》の動きだしさうとげ立てて

水虫を海に漬け日に晒しけり

一画のダリア三色競ふやう

深海の魚のごとく雷の街

我小さき者ぞと思ふはたたがみ
天地を電極としてはたたがみ
すこしづつ夜空降り来るキャンプ村

守るべき人そばに居るキャンプかな

夏川に橋映り山沈みをり

いつかまた

［平成三十年夏　夫婦旅　最後となった俳句］

久々の二人の旅路つづく夏

展望台からの電飾夏の旅

授かりし夫婦の旅や風薫る

避暑ホテル角部屋なればこその景

噴水と光の運河乗船す

手をつなぎぼっこり紫陽花ロードかな

あぢさゐやふたりにとつておきの宿

句夫婦の至福の旅や濃紫陽花

あぢさゐにつつまれふたりきりの旅

夏山の正面にあり海のあり

夏の夜や夫婦句会のつづきをり

合歓の花散策コースのシャトルバス

散策がリハビリなりし合歓の径

小舟ゆく波をけたてて夏の海

夏の海山に囲まれ旅の宿

夏潮へ旅路の基点六分儀

いつかまた二人の旅路夏の海

あとがき

薫さん、平成三十年初春、今年は母（多田ハツ子）の十七回忌やね。今年もよろしく、としみじみ語り合いましたね。腰椎圧迫骨折のためギプス姿の私を気遣い、自転車に乗って買い物や散策へ、来客の折には玄関を開けて笑顔で出迎え、お茶を出してくれたりと、いつも一緒でした。

早春、脳梗塞を発症した薫さんだったけれど、リハビリ治療を続けて、左手に少しマヒはあったものの元気な頃とちっとも変わらないまでに快復しました。

初夏、孝べえ、フェリーの旅がしたい、無理なら近くの海か山の見える処に旅したい、といつになくせがむ薫さん。ついに思い立ち、二泊三日で長崎佐世保市のホテルへ。久々のＪＲの旅で、オーシャンビューの角部屋にご機嫌で、もう少しここに居たいと駄々っ子のよう。夏潮と青嶺、紫陽花と合歓の花の道を二人でリハビリ散策と称し七日連泊、これが薫さんとの最後の旅となってしまいました。きっと句夫婦の思い出を残してくれたのだと思っています。

晩夏、私は車椅子の身となり、そして九月五日に薫さんの入院、手術……、病院より特例として許可を頂き私も泊まり込み、闘病生活が始まりました。平成十二年一月の、くも膜下出血の折と同様でした。あの時も奇跡の生還と言われ、後遺症の高次脳機能障害を抱えても一日三度のリハビリを継続してきた薫さんです。生来の強靱なる生命力と懸命さで、再びの奇跡を信じていました。

十月十九日には退院を果たし、ああ、家や、マンションや、と喜び、ベッドから紅葉が見えると言い、完食し十二時間眠り、翌朝、よう寝たあ、美味しい、と満面の笑顔。よかったね、と皆が口々に祝ってくれていたのですが、その夜、高熱が出て救急車で再入院となり、僅か一日だけの我が家でした。今は、一緒に家に帰ろうという私の願いを叶えてくれたのだと思うようにしています。

その後も、どんなに辛く苦しくとも、弱音を吐かず必死に病と闘う薫さんでした。また二人で帰るよ、を繰り返す私に、孝べえ、ＯＫ、とＶサインで応え続けつつも、十一月十五日朝、還らぬ人となってしまいました。その瞬間から、しばらくの記憶がありません。ただ、棺の中の薫さんの顔は、今までで一番ハンサムで優しく安らかでした。

初七日が過ぎ、茫然と泣いてばかりではいけないと、生前の約束を果たすべく決意しました。入院中、来年（平成三十一年）で結婚四十五年、薫さんの快気祝に集大成の句集を出版しようと言うと大喜びで、出したい、絶対出す、お願いよ。序文は誰に依頼したい？　筑紫磐井《つくしばんせい》さんがいい、孝べえ、頼んで。題字は？　山本素竹《そちく》さんに頼んで、と言います。早速、病院からお電話で、筑紫磐井様、山本素竹様にお願いすると快くご承諾を賜りました。朗報よ、と伝えた時の薫さん。やったあ、と破顔一笑、それはそれは楽しみにしていたのです。

快気祝にはできませんでしたが、二月二十二日の結婚記念日刊行を目指して編集を始めました。花乱社の別府大悟さん、宇野道子さん、同志の弥栄睦子さんも賛成し支援を惜しまないと言ってくれて、薫さんが望んだように、改めて序文を磐井様に、題字を素竹様にお願いした次第で、早々にもったいないような素晴らしい序と題字を賜りました。また装丁には西島雅幸様のご厚情で西島伊三雄先生の童画を掲載させて頂くことが叶い、扉には森崎和江様の色紙を、口絵には長谷川陽三様の絵画使用の版権許可を得て、薫さんがどんなに喜んでいることかと、各位に心より深く御礼を申し上げます。

膨大な俳句の中から四五〇句を選句し、「季題別索引」、「あとがき」をデータ化する過程は、パソコンに向かいながら涙が零れ、これまでのどの編集より難儀な作業だったものの、句夫婦一緒にやっているようで幸せな時間でもありました。

薫さんは見たままの風景を切り取る写生句を主に多作で、添削を好まず自分なりに少々の推敲をするのが常でした。平成十二年以降、障害と共生しながら詳細な日記メモを書いていたのですが、五年程を経て主治医から、日記を付けることで忘れてしまう面もあるので、もう日記は止めて日々印象に残ったことのみを記し、今後はスケジュールを立てていこうと言われ、できること探しをしようと二人で話し合い、毎日一句でも俳句を記そうと決めたのです。

それ以来、日毎に俳句の句数が増え、倒れる前にも増して素直な感性がより鋭角となり、万華鏡のように自由自在に様々な句作を楽しみ精進しておりました。つくづく俳句は十七文字の短詩型文学だと思います。その生涯をかけて綴った俳句です。

四季順の形をとっておりますが、薫さんが秋の千草・蜻蛉・紅葉の頃を好んでいたので、あえて秋から始めています。また、学生時代から山登り、山歩きが趣味の薫さんと各地の山を吟行しました。やまびこはいつも、孝べえ、薫さん、でした。そんな夫婦をよく知る別府さんが、題を「冴せよ」と名付けてくださいました。命響き合う、薫さんの叫びが聞こえてくるようです。

薫さん、次号を案じ切望していた『俳誌 六分儀』も、山下しげ人様の「代表は多田薫のままにしてほしい」という一言で、不定期刊でも継続していくことになりました。同人も満場一致。磐井様、素竹様、しげ人様をはじめ賛同俳人の方々も従前のとおり支援してくださるそうです。

「独りでいて寂しくない人間になれ」。故久本三多さんの言葉です。私には薫さんが必要だったし、二人で一つでした。これからも、多田薫の妻として恥じぬ生き方をしてまいりたいと思っております。

久留米市に在住以来、兄弟姉妹のように支えてくれる山本耕之・友美夫妻ファミリー。川﨑恵美子さん。訃報を聞き豊明市から駆けつけて泊まり込み、その後も毎日のように電話をくれる二十歳の頃からの親友・小櫃佳代子さん。いつも助けてくださる六分儀同人の土居善胤様、中山十防さん。丸林宏明さん、武田義明さんをはじめとする長年の同志たち。高松和生さん、永嶋詠子さん。夫婦の周りの様々な方々、本当に有難うございます。今後ともどうかよろしく願い上げます。

最後になりましたが、福岡市の脳神経外科主治医・高橋禎彦先生、高次脳機能障害でお世話になった田川皓一先生、久留米市の内科医・小坪嘉治先生、そして新古賀病院脳神経外科主治医の亀田勝治先生には、誠心誠意治療に全力を注がれ、私をも励まし続けて頂きました。先生方や看護師さんたちとの恵まれた出会いがあったからこそ、夫婦ともに頑張ることができたのです。本当に有難うございました。

平成十二年以降、脳外科の苛酷な勤務現況を目の当たりにしてきましたが、医師・看護師の人数は限られており、未だに医療体制の不十分さを痛感させられています。この書が障害を抱えた方やご家族の参考ともなれば、と切に願います。

漸く、俳句を支えに闘い抜き生き抜いた薫さんの三冊目で最後の、精選句集『冴せよ』を刊行致します。

本棚の片隅にでも置いて頂ければ幸いに存じ上げます。

平成三十一年二月

多田孝枝

季題別索引

＊傍題を詠んだものは、本季題にまとめて収録した。

▼あ行

秋　27・28
秋風　32・33・34・35
秋草　45
秋高し　25
秋の雨　36
秋の海　31・32
秋の蚊　24
秋の雲　42
秋の空　26・27
秋の蝶　39
秋の虹　22
秋の灯　22・23
秋の山　37・38
秋の夜　24
秋めく　4
紫陽花　132・157・158
汗　149
暑さ　140
蟻　128・129
烏賊　145
息白し　63
苺の花　110
銀杏落葉　54
一茶忌　50
稲妻　21・22
犬ふぐり　84
鶯　88
うそ寒　11
空蟬　142・143
卯浪　121・122
梅　83
梅見　83・84
麗か　113・114
枝豆　23・24
絵踏　82
大年　67

送火　6
朧　108・109

▼か行

カーネーション　118
柿　32
風車　113
陽炎　98
風花　77・78
悴む　73
風薫る　118・156
風光る　114
かたつぶり　146
蟹　133
髪洗ふ　147
雷　151・152
亀鳴く　105・106
歌留多　68
枯尾花　62
枯菊　60・61
寒雀　74
カンナ　21
神無月　49
寒の内　71
木苺　131
キャンプ　152・153
霧　40
草の花　12
草の芽　86・87
草雲雀　16
草笛　118
嚔　60
草若葉　123
クリスマス　66
鯉幟　127
紅梅　83
木下闇　131
コスモス　18・19・20
去年今年　67
小鳥　11
木の葉髪　49
木の実　43
木の芽　86
小春　56
更衣　123

▼さ行

五月雨　130
仙人掌　150

冴ゆる 74・75
爽やか 20
残暑 7・8・9
秋刀魚 21
潮干狩 111
時雨 56・57
蜆 94
滴り 144
七五三 50
紙魚 139
霜柱 65
霜夜 64
十一月 49
鞦韆 106・107
棕櫚の花 124
春暁 99
春塵 89
春灯 93
正月 68
菖蒲 133
初夏 119・120
師走 65
新年 68
新涼 9
新緑 126・127
西瓜 6
水仙 73
杉の花 110
芒 12・13
涼し 146
蟬 141
早春 81
早梅 76

▼た行

大根 55
大試験 95・96
滝 142
竹馬 75
玉せせり 69
ダリア 151
ちやんちやんこ 64
蝶 113
月 29・30
霾 102
椿 100
燕帰る 10
燕の子 133
露 29

冬帝 71・72
蜥蜴 135
年用意 66
土用 150
鳥帰る 10
団栗 42
蜻蛉 13・14・15・16

▼な行

薺の花 95
夏 137・138・156
夏霧 147
夏潮 161
夏近し 115
夏の海 141・160・161
夏の川 153
夏の雲 120
夏の蝶 145
夏の山 140・159
夏の夜 159
夏蜜柑 140
蛞蝓 125
二月 80
西日 135
二百十日 18
入学 105
猫の恋 82
合歓の花 159・160
野菊 28
長閑 114
野分 17・18

▼は行

萩 36
葉桜 129
跣足 144
蜂 108
初午 82
ばつた 44
初凪 70
初荷 70
初雪 63
花 103・104・105
花野 44
母の日 130
破魔弓 69
春 90・91

春浅し 81
春風 99
春炬燵 94
春寒 80
春雨 101・102
春の海 112
春の風邪 107
春の川 100
春の雲 98
春の空 92・93
春の月 111
春の日 96
春の山 89
春の雪 108
春深し 115
春待つ 76
春めく 92

バレンタインの日 84・85
ハンカチーフ 150
万緑 130・131
日脚伸ぶ 75
日傘 145
彼岸 94
避暑 157
雛 92
火鉢 55
風船 110
風鈴 143
葡萄 11
冬 51・52・53
冬暖 53
冬木立 72・73
冬ざれ 62・63
冬田 58・59

冬の海 60
冬の空 57
冬の蝶 50
冬の日 54
冬日和 55・56
冬めく 43
噴水 157
放生会 10
ボーナス 59
朴の花 135・136・137
盆の月 4・5

▼ま行

豆撒 77
豆飯 124
短夜 125・126

水虫 151
南風 146
麦 124
麦の秋 125
麦の芽 74
目高 147
ものの芽 87・88
紅葉 40・41
紅葉狩 41
紅葉散る 57・58
百千鳥 107

▼や行

山眠る 61
山笑ふ 97
夕立 148
夕焼 148
浴衣 139
雪間 85
行秋 45
行年 66・67
湯ざめ 65
柚子 36
百合 139
夜長 30
嫁が君 70

▼ら行

緑蔭 134
冷蔵庫 144

▼わ行

若竹 134
若葉 122
吾亦紅 39

多田　薫（ただ・かおる）

昭和二十六（一九五一）年五月二十五日、福岡県直方市に生まれる。

昭和四十九（一九七四）年三月、西南学院大学法学部卒業。

昭和五十（一九七五）年四月、福岡市役所に上級職入所。

平成五（一九九三）年、故小原菁々子師に勧められ、俳句を始める。

平成七（一九九五）年、『ホトトギス』に投句を始める。

同年五月、有志による俳句鍛錬会「根っこの会」を福岡県立図書館にて発足、世話人。

平成八（一九九六）年、『花鳥』所属。坊城中子師・坊城俊樹師に師事。

平成十（一九九八）年、『ばあこうど』創刊、福岡市の自宅を編集部・事務局とする。

平成十二（二〇〇〇）年一月十一日、二十五年勤続中、くも膜下出血で倒れ休職。入院手術以後、高次脳機能障害のリハビリを継続する。

平成十三（二〇〇一）年四月、復職。

平成十八（二〇〇六）年三月、早期退職。

平成二十六（二〇一四）年、俳誌『六分儀』代表。福岡県久留米市の自宅を編集室とする。

平成二十七（二〇一五）年二月、俳誌『六分儀』第十一号刊行。

平成三十（二〇一八）年十一月十五日、永眠。六十七歳。

戒名　大智院薫風純一居士

谺《こだま》せよ　多田《ただ》 薫《かおる》 句集《くしゅう》

❖

2019年2月22日　第1刷発行

❖

著　者　多田　薫

編　者　多田孝枝

発行者　別府大悟

発行所　合同会社花乱社

〒810-0001 福岡市中央区天神5-5-8-5D

電話 092(781)7550　FAX 092(781)7555

印刷　モリモト印刷株式会社

製本　有限会社カナメブックス

[定価はカバーに表示]

ISBN978-4-905327-97-4